DE

MM. SENNEVILLE,

FABVIER ET CANUEL,

OU

RÉFLEXIONS

SUR LEURS MÉMOIRES.

De l'Imprimerie de RENAUDIERE, Marché Neuf,
n°. 48, près le Palais de Justice.

DE

MM. SENNEVILLE,

FABVIER ET CANUEL,

OU

RÉFLEXIONS

SUR LEURS MÉMOIRES,

PAR P. FERET.

Intrà peccatur et ultrà.
Hor.

A PARIS,

Chez LHUILLIER, Libraire, rue Serpente, n°. 16.

1818.

DE

MM. SENNEVILLE,

FABVIER ET CANUEL,

OU

RÉFLEXIONS

SUR LEURS MÉMOIRES.

Iʟ est un tribunal qui s'empare de toutes les grandes causes, même avant qu'elles ne lui soient soumises. Ce tribunal devance toutes les justices: Il se compose de juges sans mission, mais non pas toujours sans autorité.

C'est devant ce tribunal, dont la compétence est moralement établie pour tout ce qui intéresse la nation, que des hommes à renommée, revêtus de dignités publiques, se sont présentés naguères. Un avocat subalterne, mandataire sans conséquence, avait fait le premier appel à l'opinion. Cette attaque provoqua une réponse qui tira insensiblement les deux grands adversaires hors du cercle ténébreux où la prudence les avait enfermés.

Certes, c'est une assez belle victoire que l'opinion remporte aujourd'hui. Fruit précieux et tardif de la charte mise en action ! Ils ont pensé que l'opinion publique abandonnant aux lois le droit de punir et d'absoudre, s'était réservé celui d'honorer ou de flétrir ; et qu'ainsi, pour compléter leur triomphe, il fallait réunir les jugemens de ces deux tribunaux, tant de fois opposés l'un à l'autre.

Trop souvent l'homme, sans tache aux yeux des lois, mais ressaisi par les ministres de cette autre justice, échangea sa victoire passagère contre une éternelle ignominie, tandis que l'opinion, soulevant le condamné dans ses mains puissantes, lui montre de loin l'avenir occupé d'avance à venger sa mémoire, et flétrissant à la fois ses adversaires et ses juges.

Mais l'opinion publique peut s'égarer.

(3)

Cette proposition n'est point exacte. Il fau-
drait dire : on peut égarer l'opinion ; car le peuple , abandonné à lui-même, se trompe rare-
ment sur les hommes et sur les choses.

Toutefois, s'il est vrai qu'on puisse l'égarer,
il est donc possible d'exercer sur elle la même
influence pour la diriger. Ce ne sont point les
vues saines qui manquent au peuple ; il ne s'agit
bien souvent que d'écarter les ténèbres que, les
uns par goût, les autres par intérêt, s'efforcent
d'épaissir autour de lui.

Cette tâche honorable et pénible nous allons
essayer de la remplir. Nous voulons éclairer l'o-
pinion publique , sur la cause la plus importante
qui ait jamais été soumise à son tribunal. Les
juges sont réunis ; leur attention est fixée depuis
long-temps ; et ces juges , c'est la nation tout
entière qui veut connaître jusqu'à quel point on
a pu se jouer du sang et de l'honneur des citoyens. Toutes les pièces de ce procès fameux
sont dans nos mains : les adversaires eux-mêmes se
sont empressés de nous les fournir. Le texte seul
de leurs mémoires nous guidera dans les discus-
sions. Nous nous abstiendrons avec soin de ces
commentaires *élastiques* qui donnent aux mots
toute l'étendue qu'on veut leur prêter ; de ces

1 *

mouvemens oratoires entièrement étrangers à la cause et qui prouvent seulement la vanité du rapporteur ; de cette éloquence hors de place, qui indique toujours la passion; de ces applica-tions torturées qui indiquent toujours la mau-vaise foi : nous n'irons point donner la question aux pensées ; nous ne jetterons point le filet sur des phrases isolées à plaisir ; nous nous garde-rons de pressurer les mots pour leur faire rendre plus qu'ils ne contiennent ; nous abandonnons enfin les substitutions, les suppositions, et tout l'attirail du *systéme interprétatif* à des tribunaux d'une autre nature. Nous ne sommes en quelque sorte, que les avocats généraux de l'opinion publique : notre devoir à nous, est de cher-cher la vérité plutôt que des coupables.

Que si les adversaires déclinaient un jour la compétence de ce tribunal, voici la ré-ponse qu'ils pourraient eux-mêmes nous fournir.

A qui s'est adressé M. le colonel Fabvier, lorsque, préludant à cette grande querelle, il s'élança le premier dans l'arène, comme ces gladiateurs qui combattaient les yeux bandés ? A l'opinion. Quel juge invoqua M. le général Canuel quand il fit paraître sa réponse ? L'o-pinion. Quel juge M. le lieutenant de police de

Senneville, quand il fit paraître sa défense ? L'o-
pinion. Toutes ces attaques, tous ces mémoires, toutes brochures offensives ou défen-
sives, ne sont-ils point autant d'appels faits à
l'opinion ? Eh bien ! de quoi pourront se plaindre les adversaires quand l'opinion prononce
sur une cause qu'ils lui ont eux-mêmes pré-
sentée ?

C'est entre le chef de la police civile et
le chef de la police militaire que nous avons
à pronocer. Nous laissons de côté le reste
des acteurs, qni ont pris part à cette scène.
L'obscurité des uns les place aux dessous de
nos réflexions, la prodigieuse élévation des
autres ne nous permet point d'y atteindre.

Les deux adversaires remplissaient à Lyon
des fonctions également importantes, et pour
ainsi dire de la même nature. M. de Senneville avait été nommé lieutenant de police au
mois de juillet 1815. Son mémoire nous apprend que ce fut avec la plus grande répu-
gnance qu'il accepta cette place, mais qu'il
se dévoua pour l'intérêt de ses compatriotes.
M. de Senneville aurait pu se dispenser de nous
rapporter cette preuve de son dévouement,
entièrement étrangère au sujet qu'il traite. On

sait que tous les fonctionnaires depuis le ministre jusqu'au garçon de bureau n'acceptent jamais qu'avec peine, toujours par un excès de dévouement, et que les antichambres sont remplies de citoyens zélés, qui cherchent à culbuter les employés qui se dévouent, dans la louable intention de se dévouer à leur place.

Quoi qu'il en soit, par dévouement ou pour toute autre cause, M. de Senneville était lieutenant de police à Lyon, lorsqu'il s'établit dans cette ville une police militaire, et à la tête de cette police fut placé M. le général Canuel.

Ici se présentent de nouvelles observations qu'il importe de ne point laisser échapper.

On conçoit ce que peut être une police purement civile. Un magistrat supérieur est établi pour maintenir l'ordre dans un royaume. S'il n'abuse point de ses fonctions, il est non seulement utile au gouvernement, mais même aux citoyens, en prévenant les délits que la loi serait forcée de punir. Cette institution, considérée en elle-même, n'a rien qui puisse inquiéter jusqu'à un certain point les libertés nationales. Sans avoir une existence émi-

nemment constitutionnelle, l'esprit de la constitution ne la repousse pas entièrement. Il y
a plus : la responsabilité des ministres, une
fois comprise et fixée, et celui, dont le pouvoir entraîne le plus grand nombre d'abus ,
déclaré nécessairement le plus responsable de
tous ; la classification des ministères une fois
établie, et celui dont l'influence est la plus
redoutable rejeté au dernier rang , pour le
maintien de l'équilibre ; les craintes qne cette
institution avait inspirées tomberont d'elles-
même. (1) L'infidélité, la mauvaise foi, la bas-

---

(1) Le meilleur des gouvernemens serait celui
qui n'accorderait à chacun des ministères qu'une
importance relative déterminée par la loi des circonstances. Le plus mauvais ou du moins le plus
imprudent, sans contredit, serait celui qui rejeterait
sur un arrière plan tous les ministères, pour mettre
à la tête celui de tous le plus en butte à la répro-
bation des citoyens. Ce fut la confiance exclusive
accordée à Mazarin qui occasionna la guerre de la
Fronde. Il ne serait point d'ailleurs de la dignité
royale de faire cause commune avec un ministre
contre l'opinion de tout un peuple. En général,
il faut placer le ministère dans le gouvernement, et
se bien garder de placer le gouvernement dans le
ministère.

sesse , la corruption des agens subalternes , le danger des passions politiques et privées , l'arbitraire des mesures , presque toujours inséparable d'une autorité qui , mystérieuse et intolérante par sa nature , peut en secret reculer ou franchir des bornes encore indécises et si faciles à ébranler, tout cela disparaîtra dès que le chef suprême, responsable de la conduite de ses agens , aura , dès-lors, intérêt de les choisir incorruptibles , ou de leur faire expier d'avance leur corruption ; dès que cette institution de ténèbres , exposée au grand jour , sera forcée de cacher ou de guérir les plaies hideuses quelle renferme dans son sein ; dès que les plaintes adressées aux chambres contre le ministère , ne seront plus renvoyées par les chambres dans les bureaux du ministère ; dès qu'une main ferme aura établi les digues ; que les cent yeux de l'opinion , pourront observer ceux qui essaieront de les franchir , et que ses cent voix redoutables pourront leur crier comme autrefois Dieu à la mer : *tu n'iras pas plus loin !*

Il est vrai que jusqu'à ce jour l'espérance seule nous a fait découvrir les précieux avantages d'une police constitutionnellement organisée ; il est vrai que nous ne connaissons encore d'elle que les visites domiciliaires, les arrestations sur mandat, et les bannissemens. Mais consolons-nous en songeant que cette institution marche précisément du même pas que beaucoup d'autres, encore plus libérales. Songeons que de la liberté des cultes, nous ne connaissons encore que les persécutions du midi ; que de la liberté de la presse, nous ne connaissons encore que les arrêts de la police correctionnelle. N'oublions point que c'est là notre malheur et notre destinée de commencer par l'abus pour redescendre enfin à l'usage, et que la liberté sanglante de 93 nous conduisit à la constitution pacifique de 1814.

Il est encore vrai, que, si, par un malheur que nous n'osons prévoir, au lieu de resserrer dans des limites étroites et déterminées un pouvoir que la fatalité des circonstances actuelles rend aujourd'hui inquiétant pour tous les partis et, pour toutes les opinions, on prétendait l'augmenter encore et par cela même donner aux opinions une inquiétude et une activité nouvelles ; si dans des mains déjà trop puissantes on voulait réunir des fonctions jusque-là divisées et incompatibles ; si deux ministères par exemple se trouvaient confiés au même homme, et que cet homme tînt concentrée en lui seul une double autorité , c'est-à-dire éveillât doublement l'envie , les passions et les haines ; alors tout serait fini pour nos libertés : à l'aspect d'un colosse aussi effrayant, l'opinion publique baisserait la tête , et réserverait ses plaintes pour le jour où il tomberait enfin écrasé sous son propre poids.

Cette supposition que nous nous sommes permise nous conduit naturellement aux abus qui résulteront toujours d'un mélange contre nature , dans des fonctions jusque-là séparées , et par cela même aux fonctions que remplissait à Lyon M. le général Canuel.

M. le général était chef d'une police militaire. Mais sous quels traits peut-on se représenter une police militaire ? Le même homme ayant sous ses ordres des agens pour surveiller les citoyens , des gendarmes pour les arrêter , et des soldats au besoin pour les fusiller selon les intérêts de sa haine , de sa vengeance et de ses passions ? Et par quel contrepoids la police civile pourat-elle balancer l'influence de cette épouvantable institution. Supposez qu'elle réagisse de toute sa force, tandis que l'autre agira de toute la sienne, que deviendront au milieu de cette lutte, les citoyens déchirés en sens contraire, pressés

entre deux institutions de la même nature , mais
d'intentions et de moyens si opposés ? Certes
quand les événemens ne nous eussent point été
révélés; de ces seuls mots » une police militaire
fut établie » nous aurions facilement tiré toutes
les conséquences, nous aurions prévu sans peine,
les troubles , les convulsions, les déchiremens
dont cette ville infortunée fut si longtemps le
théâtre. Quoi ! au moment même où l'on échap-
pait au despotisme militaire , on soumet cent
cinquante mille habitans au joug d'une police
militaire , l'alliance de mots et d'idées la plus
barbare qu'on puisse concevoir, l'institution la
plus atroce qui ait jamais opprimé des hommes !
Ce seul mot : *une police* , offre déjà des images
si peu rassurantes : l'horrible épithète qu'on lui
associe, achève et comble l'épouvante. Mais si
par un excès d'imprudence et de malheur , on
met à la tête des deux polices deux hommes es-
sentiellement opposés par leurs opinions ; si
d'un côté l'on aperçoit un magistrat de l'ancien
gouvernement c'est-à-dire un homme qui n'a
point rougi d'être utile à son pays, sous l'ancien
gouvernement, et de l'autre un noble vendéen,
le juge du général Travot; si la rivalité que pro-
duit toujours l'identité des fonctions dans une
même ville, va s'unir à cette haine ardente ,

que la différence des principes et des sentimens
doit exciter ; alors tous les bouleversemens,
toutes les discordes, tous les malheurs se com-
prennent et s'expliquent. La seule chose inex-
plicable, dans une pareille situation, eût été
l'absence de malheurs, de discordes et de
bouleversemens.

Mais ce tribunal anti-français, anti-constitu-
tionnel, anti-humain, qui l'a créé, qui l'a
soutenu ? Dans cette partie de son mémoire
M. de Senneville qui, en général, ne paraît
point haïr les développemeus, est d'une réserve
assez remarquable : il se contente de dire : « il
s'établit une police militaire ». Pour imiter sa
discrétion, nous nous abstiendrons d'en chercher
ou pour mieux dire d'en exposer les motifs. Il
est cependant une observation sur laquelle nous
voulons fixer l'esprit du lecteur.

On se rappelle cette chambre fatale, dont
l'ordonnance du 5 septembre interrompit si
heureusement les projets. Elle a laissé de trop
longs souvenirs, pour que ses partisans comme
ses victimes, puissent jamais l'oublier. Là fut
révélé sans pudeur tout le délire des anciennes
prétentions : là des cœurs ulcérés qu'enivraient
des espérances longtems contenues, déshonorè-

rent la cause du malheur , en y associant des idées de vengeance : là des hommes ridicules se montrèrent en même temps cruels : là s'organisait le système réacteur ; là enfin sur les débris de la charte et de la liberté, se relevait l'édifice gothique de la monarchie absolue. Cependant rien de cette marche n'était tortueux ni voilé. Tous les desseins , toutes les espérances étaient mis à nu , avec toute la bonne foi de l'impéritie et de l'orgueil. Pourquoi donc ferma-t-on les yeux sur des projets si bien connus ? Qui empêcha d'arrêter plutôt une marche aussi ouvertement annoncée ? Pourquoi l'ordonnance libératrice fut-elle si tardive ? Pourquoi surtout, fut-elle aussi incomplète dans ses résultats ?

La chambre , il est vrai , fut dissoute , mais était-ce la seule mesure que les français avaient le droit d'attendre. La chambre fut dissoute , mais laquelle de ses lois fut abolie , ou pour mieux dire laquelle de ses injustices fut réparée ? Au premier bruit de ce grand événement politique, tous les cœurs vraiment français respirèrent. Il parvint dans une contrée voisine, fameuse entre toutes les nations par la touchante hospitalité qu'elle accordait aux bannis. On crut alors que les tourmens des exilés allaient finir ; mais la joie fut courte, et l'espérance mensongère. On apprit bientôt que la chambre maintenue et protégée, tant que ses injustices pouvaient seconder les hauts intérêts du ministère, et le débarrasser des réputations inquiétantes, avait été abolie, quand ses opérations terminées sur ce point, pouvaient faire craindre qu'elles ne se dirigeassent contre le ministère lui-même ; mais que du reste aucune idée généreuse, aucun projet de réparation n'étaient entrés dans cette mesure.

Qu'il nous soit permis de rappeler à ce sujet quelques-unes des réflexions que nous fîmes entendre au moment où cette grande loi de bannissement fixait les yeux de la nation ; ces réflexions d'ailleurs pourront jeter quelque jour sur le système suivi à cette époque, système fatal dont le contre-coup ébranla si fortement la ville de Lyon et la France tout entière.

J'essayais de prouver que la loi dirigée contre les exilés était à-la-fois inutile et impolitique.

« Inutile :

—» Supposez un moment qu'ils ne soient point rassasiés de révolutions ; supposez que des hommes, la plupart au déclin de l'âge, aient

encore assez d'énergie pour renverser un gouvernement soutenu par les forces de l'Europe
entière. Eh bien ! quelles craintes pourraient
nous troubler ? Quelles espérances pourraient-
ils concevoir ? Sous quels drapeaux , à quels
chefs pourraient-ils se rallier ? Toutes les révolutions doivent avoir un but; car pour égarer
le peuple , pour l'éloigner du gouvernement qui
existe , il faut du moins lui en proposer un autre.
Et quelle forme de gouvernement proposeront-
ils aujourd'ui ? Séduiront-ils la nation comme
autrefois au nom de la liberté ? Soyez tranquilles,
il y a long-temps qu'on n'y croit plus. Serait-ce
au nom de leur premier maître qui a renoncé
lui-même à tous ses droits ? Serait-ce au nom de
son fils qui traîne loin de nous une enfance sans
avenir, et qui pour premier ennemi rencontrerait
son ayeul ? Quoi ! le Prince légitime est sur le
trône , tous les peuples qui nous entourent ont
juré de soutenir ses droits , et vous tremblez encore ! Ah ! convenez plutôt que vous feignez
de craindre pour avoir le prétexte de punir ;
que vous jetez sur l'avenir un regard d'effroi
pour pouvoir tirer du passé des victimes et des
vengeances. Mais vous , les plus fidèles appuis
de l'autorité royale , ne craignez-vous point d'y
porter atteinte par des alarmes aussi peu fon-

dées ? Le désir de la vengeance vous égare et vous ne consultez ni la justice ni l'intérêt de l'Etat. Prenez-y garde ; car si de fausses espérances peuvent égarer quelquefois les peuples , des craintes sans fondement avilissent toujours la dignité des Rois.

« Impolitique :

— « On connaît assez les malheurs que la révocation de l'édit de Nantes a fait tomber sur la France. Ici les victimes sont moins nombreuses , mais leur exil aurait des conséquences aussi funestes. C'est quand la France est épuisée d'hommes et d'argent , que vous renvoyez de la France , comme un inutile fardeau, et de l'argent et des hommes ! C'est quand toutes les haines commencent à s'éteindre , que vous les rallumez ! Mais ces hommes que vous bannissez , sont-ils sans parens , sans amis , sans postérité ? Bannissez-vous leurs parens ? Bannissez-vous leurs amis ? Bannissez-vous leurs enfans ? Ils partent , mais tout n'est pas fini pour eux en France : ils partent , mais ils laissent des hommes que révoltera votre injustice. Ces hommes auront des fils qui partageront leurs sentimens. C'est ainsi que les haines devenues héréditaires , perpétuées de race en race , pourront un jour éclater d'une manière terrible : c'est ainsi que le système des vengeances toujours criminel en morale , est souvent faux en politique : c'est ainsi que les intérêts des hommes sont toujours inséparables de leurs vertus.

» Etranger à toutes les révolutions qui roulent en France depuis tant d'années, je ne crains point qu'on m'accuse d'avoir plaidé ma propre cause en plaidant celle de l'humanité. Vous, que cet écrit indignera , peut-être , s'il parvient jusqu'à vous, pardonnez à un obscur citoyen d'avoir opposé la voix de la justice aux cris de la vengeance et des passions. Sous le régne de la terreur, j'aurais pris votre défense, quand, exilés et malheureux, vous alliez chercher un asile dans des contrées étrangères. Ce devoir, que j'aurais rempli pour vous il y a vingt ans , je dois le remplir pour défendre ceux que vous opprimez aujourd'hui. Les circonstances ne sont plus les mêmes, je le sais ; vous disiez à cette époque : *tout est perdu , fors l'honneur ;* mais craignez que l'opinion publique ne change avec votre destinée, et qu'on ne dise aujourd'hui de vous : *ils ont tout gagné ; fors l'honneur.*

» Je vous, le temps presse : le vingt-un janvier

2

approche; une fête solennelle se prépare. Rap-
pelons-nous Louis XVI pardonnant à ceux qui
l'ont jugé. Français ! son frère imitera son exemple, ou plutôt il restera fidèle à l'exemple qu'il a
donné lui-même. Les chambres des députés furent
établies pour maintenir les constitutions malgré
les rois ; espérons que le roi maintiendra la constitution malgré la chambre des députés ».

Tels furent alors notre langage et nos sentimens. Mais comment eussions-nous espéré d'être
entendus ? Des voix plus fortes et plus connues
s'élevèrent en vain pour défendre les proscrits :
comme la nôtre elles se perdirent au milieu de
l'orage qui grondait sur toute la France : l'arrêt
d'exil fut prononcé.

Mais des principes plus généreux semblent
animer nos députés d'aujourd'hui. Toutes les
intrigues de la faction ministérielle et des royalistes du douzième siècle à l'époque des dernières élections, tous ces honteux escamotages,
qui privèrent la nation de plusieurs mandataires
si dignes de la représenter, n'ont point assez
complètement réussi pour interdire la chambre
à un grand nombre de citoyens, hommes de

courage, de talens et de vertus. Du sein de la terre de l'exil, la voix d'un homme éloquent est parvenue jusqu'à elle. Cet homme osait interroger les représentans de la France, il leur demandait quel terme on prescrivait à des malheurs injustes. On prévint la réponse. Nos représentans furent congédiés : qu'ils se consolent, en songeant que dans une pareille circonstance la chambre de 1814 eût été maintenue.

Cependant les cours prévôtales ont terminé leurs promenades. Il est vrai qu'innocent ou coupable le sang répandu criera en vain. On déclarera, sans doute, que ces magistrats ont bien mérité de la patrie, et que la tranquillité du royaume, a pu seule engager à suspendre des fonctions aussi utiles à l'Etat. Leurs jugemens seront cassés comme on cassa les lois de la chambre de 1814. Au reste, il serait imprudent de presser les conséquences : tirons le voile sur le passé. Il nous suffit que nos craintes soient du moins calmées pour l'avenir.

Quoi qu'il en soit, jamais M. le général Canuel n'aurait dû joindre à tous ses titres le titre de chef d'une *police militaire*, et ce n'était point à un soldat français (1) que de telles fonctions pouvaient être décemment confiées. Nous le disons avec orgueil : nous aussi nous sommes entrés dans la carrière des armes. Quand l'uniforme national nous eut une fois couverts, forcés de l'abandonner en pleurant, nous nous sommes soumis à tous les sacrifices ; mais jamais nous n'eussions consenti à des honneurs que repousse le caractère du soldat. La guerre ne peut être éternelle ; elle ne le fut jamais, même chez la plus conquérante de toutes les nations. Après le triomphe, la charrue était là, qui attendait les Fabricius....

Nous dirons plus, et c'est M. le général Canuel que nous prendrons pour juge. Telle fut la nature de ses fonctions, qu'elles pouvaient compromettre sa renommée. Mais combien il eût été plus à plaindre encore, s'il eût été entraîné

____

(1) Comme ce titre de *soldat français* pourrait blesser la délicatesse de M. Canuel, nous le prions d'avance, de vouloir bien agréer nos excuses. Nous lui dirons désormais ce qu'Esope disait à un officier de la cour :

« Monsieur le *général*, qui n'êtes point soldat. »

à prononcer sur le sort de quelque victime des révolutions. A l'époque de nos troubles civils, M. le général avait servi dans la Vendée. Il s'y était acquis cette gloire militaire qu'on peut, à la rigueur, obtenir sans défendre la cause la plus juste, et qui, si elle n'est point la gloire véritable, peut du moins en dédommager quelquefois. M. le général Canuel aurait donc pu rencontrer parmi les prévenus un homme qui avait combattu contre lui; combien alors sa situation eût été cruelle ! Ah ! du moins, on ne lui adressera pas cette question :

Si l'un de vos anciens adversaires, votre vainqueur en plusieurs rencontres, victime d'une accusation qui pouvait compromettre sa liberté, son honneur, et peut-être sa vie, eût été soumis à votre tribunal, qu'auriez-vous fait ? Nous ne vous ferons point un seul moment l'injure d'en douter ; vous vous seriez écarté d'un tribunal où l'honneur et la justice vous défendaient de siéger ; vous n'auriez pas voulu attacher à votre nom l'opprobre éternel d'avoir présidé au jugement et à la condamnation d'un ennemi ; vous auriez craint pour vous-même les faiblesses honteuses du cœur humain, et cette partialité des ressentimens antiques, qui peuvent égarer l'homme généreux , sur-tout quand ils se rattachent à d'humilians souvenirs ; vous auriez rougi de vous armer du fer des lois ponr frapper un homme qui vous avait vaincu sur le champ de bataille ; vous auriez dédaigné cette indigne vengeance ; vous auriez évité le déshonneur de ces lâches représailles et l'infamie d'une victoire sans danger ; vous vous seriez écrié comme ce vertueux ministre de Catherine II, chargé de prononcer sur le sort d'un coupable : — « Je le hais trop pour le juger. » — Vous auriez craint d'entendre l'accusé vous dire, de cette voix que les siècles vont répéter aux siècles : — « Je répondrais quelque chose à des juges, je n'ai rien à répondre à des assassins ! »

Mais M. le général Canuel eût rejeté dès l'a-l'abord un pouvoir aussi funeste ? Pourquoi s'ex-poser à une alternative également pénible et dangereuse, soit qu'on veuille se dérober à des fonctions incompatibles avec l'honneur, soit qu'on veuille se déshonorer en les remplissant ?

Dès les premières pages du mémoire, l'em-portement, l'aigreur, l'indécence du ton, se font désagréablement sentir. C'est plutôt l'ouvrage d'un spadassin furieux que celui d'un grave magis-trat, rendant compte d'une mission calomniée. Les déclamations choquent toujours dans des causes de cette nature. Toutes ces phrases insignifiantes et bannales :-- « C'est à la face de cent cinquante mille témoins. » — « Il y a des hommes qui nient la lumière. » — « A quoi ne peuvent atteindre l'envie de nuire et le besoin de calomnier? » — respirent une sorte d'amertume déplacée qui prévient défavorablement le lecteur. Nous sommes persuadés, pour l'intérêt de M. Canuel que le style n'est pas tout l'homme et que l'auteur vaut beaucoup mieux que l'ouvrage. Cette vertueuse indignation que fait éprouver l'injustice aigrit quelquefois le caractère le plus doux, et a pu vraisemblablement aigrir le caractère de M. le général. Il est d'ailleurs des causes excellentes, quoique gâtées par la maladresse de l'avocat. Nous aimons à croire que la cause de M. Canuel pourrait bien être du nombre.

Passons à l'exposé des faits ; mais c'est là que le vague et l'insuffisance des moyens viennent encore frapper d'avantage. Pas un seul mot sur les conspirations qui avaient éclaté jusqu'au 8 juin ; pas un seul renseignement sur toutes les causes qui préparèrent cette journée fatale ; pas un seul détail sur les recherches que fit l'autorité, sur les résultats qu'elles amenèrent, sur les premiers témoins qu'on entendit, sur le caractère de ces témoins, sur les premiers acteurs qui figurèrent, sur la réputation, les talens, les ressources de ces acteurs ; rien de précis, aucun développement, aucune lumière; des mots, des attaques, des injures, et rien que des attaques, des injures et des mots.

« Depuis longtemps, dit M. le général, l'au- » torité militaire *suivait les fils* de la conspi- ration sans pouvoir remonter *à sa source.* »

Les métaphores ne sont point des raisons vous allez voir que fautes de raisons, M. le général va prolonger la métaphore.

« *Dénué de moyens de police, sans agens,*

(on saura bientôt quelle foi on peut ajouter aux assertions de M le général ; on connaîtra les moyens et les agens de cette police inno- cente, dénuee d'agens et de moyens,)

» *ces fils* devaient se *rompre* à chaque intant » dans ses mains. Son unique ressource pour » *les rattacher* était d'envoyer les renseigne- » mens officieux quelle recevait, au lieutenant » de police.. »

A la suite de la métaphore vont marcher immédiatement les injures et cela toujours faute

de raisons à donner. « Qui soit mauvaise volonté, soit mauvaise foi ou paresse.. »

Toutes ces suppositions, il faut le dire, por-
tent nécessairement à faux. Si ce fut mauvaise
volonté, dites-le M. le général, et prouvez-le ;
si ce fut mauvaise foi, dites-le sans crainte,
mais comme l'accusation est plus grave encore,
multipliez les preuves ou taisez-vous.

« Il ne s'agissait rien moins, que du ren-
» versement du pouvoir légitime, du dépla-
» cement de toutes les autorités, *le lieutenant*
» *de police excepté.* »

Encore une attaque, et pas encore une raison.

M. le général invoque le témoignage de cent
cinquante mille habitans. Mais que diront-ils ces
cent cinquante mille habitans dont il invoque le
témoignage ? Ne sait-on pas que plus les rangs
sont serrés, plus l'ébranlement est facile, et plus
le peuple reçoit avidement les erreurs qu'on veut
lui communiquer, *densum humeris bibit aure*
vulgus. Tout cet appel si fastueux, n'est qu'il-
lusoire, banal, insignifiant, rempli de déclamations, de maladresse et de mauvaise foi.

D'ailleurs, que prouveront ces témoins ? Qu'une

conspiration a existé; que tout dans cette affaire *n'est pas imaginaire* comme on l'a prétendu. Qui prétend cela ? non certes, ce n'est point une conspiration imaginaire qui fait l'objet de la discussion. Il s'agit au contraire de tentatives réelles, de soulèvemens, d'agitations, et surtout de malheureux, arrêtés, mis en jugement, condamnés, exécutés, et flétris encore par de-là leur tombe. C'est sur tous ces faits que l'accusation repose. M. Canuel ne détruit pas l'attaque dirigée contre lui, en prouvant, à chaque page de sa défense, que des séditieux ont été dispersés par ses soins. Il n'aborde jamais la question : il s'en tient continuellement à une énorme distance, même en déclarant que les accusés se sont avoués coupables. Nul doute qu'une conspiration n'ait éclaté; car autrement, l'intrigue eût été insignifiante. Mais cette conspiration, qui l'a provoquée ? voilà la question ; et M. le général n'a point même essayé de la résoudre : il se borne à nous montrer des machines muettes, qui se meuvent et qui s'agitent.

M. de Senneville nous découvre les ressorts et les mains long-temps cachées qui les faisaient mouvoir dans les événemens qui ont préparé le 8 juin ; il nous montre la cause des événemens qui l'ont signalé. Le tableau qu'il nous trace de l'état de Lyon , à la seconde rentrée, est de la plus grande exactitude. Le seul reproche qu'on puisse lui adresser serait d'en avoir affaibli les couleurs. Les dénonciations vagues , montant tour-à-tour jusqu'aux rangs les plus élevés de la société , et redescendant saisir les citoyens les plus obscurs ; la défiance , les inquiétudes, le déchaînement des passions individuelles, toute cette situation terrible , qui n'était point celle d'une seule ville , mais de la France entière, nous a paru retracée fidélement ; mais avec plus de fidélité encore que d'énergie. La plume de l'auteur ne s'est jamais écartée de l'exactitude que lui imposaient des événemens par malheur trop connus ; mais elle a paru craindre de s'appuyer sur eux avec trop de force. On dirait que des considérations particulières , sans enchaîner précisément l'écrivain , lui ont défendu de prendre un essor proportionné aux circonstances qu'il voulait décrire. Nous lui demanderons, par exemple , quels étaient ses fonctions et ses devoirs à cette époque orageuse ? N'adressait-il aucune plainte au gouvernement ? Et s'il les adressait , pourquoi n'étaient-elles point accueillies ?

Arrivèrent les troubles de Grenoble. Ils servirent de prétexte pour solliciter à Lyon le bannissement de plusieurs individus (l'exil était alors le châtiment le plus en vogue : il avait efficacement remplacé les lettres de cachet). M. de Senneville résista ; cette conduite est digne d'éloges ; mais pourquoi n'a-t-il pas toujours résisté ?

Cependant, l'orage grossissait : un système de persécution politique et religieuse s'organisait sur tous les points de la France. Dans le Midi, le fanatisme rallumait ses torches. A cette époque, quelques protestans échappés au massacre de leurs frères, vinrent à Lyon chercher un asile ; il leur fut accordé. Honneur aux habitans de cette ville malheureuse, qui oublièrent leurs infortunes, pour tendre les bras à des Français encore plus malheureux !

C'est au milieu de toutes ces agitations, quand la présence d'un magistrat ferme et dévoué pouvait mettre un frein salutaire à des espérances criminelles ; c'est alors, qu'abandonnant la ville à tous les complots, trahissant la cause qu'il avait promis de soutenir ; laissant les victimes sans défense, les persécuteurs sans répression, la réaction sans contrepoids, M. de Senneville déserte au moment du combat, et vient à Paris solliciter sa démission.

Enfin, la scène change. Le 5 septembre arrive, les élémens de la réaction se décomposent, les dangers s'éloignent, ou paraissent s'éloigner. C'était-là le moment du courage. M. de Senneville retourne à Lyon ; ici commence le grand intérêt de son mémoire.

Triste fatalité des événemens où nous sommes descendus !—Les cachots ont été remplis, les échafauds ensanglantés ; et c'est aujourd'hui seulement que la question la plus importante, savoir si le crime a vraiment existé, s'agite entre les témoins de cette grande affaire, entre les juges de ce grand procès. Quelle opinion laisserait de lui un tribunal qui, six mois après le jugement et l'exécution d'un prévenu, laisserait encore à douter si le meurtre a été réellement commis ?

L'intérêt et l'honneur du gouverment auraient dû dès le principe étouffer ces débats aussi scandaleux qu'atroces. Nous-mêmes, nous aurions gardé le silence, si notre silence avait pu ôter à cette triste affaire une partie de sa déplorable publicité. Mais s'il ne dépend plus de nous d'arrêter le cours des choses, tâchons au moins de les diriger. Dans l'impuissance de jeter un voile sur les événemens, exposons-les dans leur véritable jour.

A cette question : *Une conspiration a-t-elle éclaté*, voici, en substance, la réponse de M. Canuel.

— « Une conspiration a eu lieu, car des agens
» fidèles nous l'ont révélée; car les prévenus ont
» été saisis, jugés et condamnés; car nous avons
» pour nous l'aveu même des conspirateurs; et
» qui peut refuser de croire *des témoins qui se*
» *font égorger?* »

— « Oui, dit à son tour M. le lieutenant de
» police, une conspiration a eu lieu : mais une
» conspiration sourde et mystérieuse; la conspi-
» ration des réacteurs qui, au premier bruit de
» l'ordonnance, se répandirent en imprécations
» contre le ministre et le Roi lui-même; qui
» formèrent une ligue secrète dont les agens
» étaient choisis, les réunions déterminées, les
» plans organisés; qui, voulant convaincre le
» Roi que le ministère perdait à-la-fois la consti-
» tution et la monarchie, avaient intérêt de lui
» montrer un peuple turbulent et factieux, tou-
» jours inquiet et toujours prêt à conspirer. »

La marche des événemens que nous allons suivre va nous éclairer sur la valeur des raisons que les deux adversaires ont présentées.

Ce fut au mois d'octobre 1816 que la première conspiration fut signalée. C'était l'époque des élections. Momens de troubles, d'intrigues et de scandale, qui suffiraient pour indiquer toute l'insuffisance de notre système représentatif; car si l'on veut bien examiner avec quelle indifférence le peuple se laisse donner des mandataires, on pourra prévoir, jusqu'à quel point sa cause sera soutenue et ses intérêts garantis.

Dans une conférence qui a lieu chez le Préfet, le jour même où le collège électoral devait se réunir, les deux généraux lisent un rapport dont voici la substance.

Un grand complot s'organise. — La maison que les chefs habitent est désignée. — Les projets et les ressources des conjurés, le nombre des armes, le lieu où elles sont déposées, l'époque où la conspiration doit éclater, les ramifications qu'elle peut avoir, tout est déterminé de la manière la plus précise. — Rien de vague ni d'obscur dans cette révélation. Pourquoi M. le général n'écrit-il point un mémoire comme il fait un rapport ?

D'un premier essai, quand il est maladroit, on peut tirer d'importantes inductions pour d'autres entreprises, fussent-elles même couronnées du succès.

M. de Senneville se rend aux lieux indiqués et ne trouve rien. Il demande à connaître le nom des révélateurs ; on s'y refuse. Mais en revanche on lui fait de nouveaux rapports ; et cette fois le nom du témoin devait inspirer la plus grande confiance : c'était une fille que son confesseur avait déterminée à tout révéler. Or, voici ce que révéla cette fille d'après les avis de son confesseur.

La découverte de plusieurs enrôlemens sur tous les points de la France, et dans Lyon, en particulier : l'arrivée prochaine du chef des factieux ; la demeure du commandant en second : voilà tous les secrets dont cette fille avait été rendue dépositaire.

M. le général assure qu'il tient tous ces détails d'un homme respectable (le confesseur probablement) qui doit le soir même lui amener cette fille. M. de Senneville se présente le lendemain pour connaître les résultats de cette conférence ; aucunes nouvelles de la fille, ni de l'homme respectable qui devait l'amener.

Cependant les délations se succèdent, le 22 réquisition du général Maringonné au lieutenant de police pour qu'il arrête sept personnes qu'on lui désigne.

M. de Senneville se rend aussitôt chez le général..... (remarquez comme les fonctions de ces messieurs étaient prudemment circonscrites et pouvaient difficilement empiéter les unes sur les autres !) A peine la réquisition était-elle envoyée que M. le général avait refléchi , qu'il était inutile de recourir à une intervention étrangère , et que le ministère ayant mis les gendarmes à sa disposition , comme à celle du lieutenant de police , il devait pour plus d'exactitude et de célérité arrêter lui-même les prévenus. Et les prévenus furent arrêtés , conformément à l'arrière pensée de M. le général.

Le 22 seconde conspiration ; ou pour mieux dire second rapport des généraux au sujet d'une conspiration. Cette fois , l'affaire était sérieuse, on attendait Bonaparte avec cinq régimens *du Canada.* On voulait exterminer tous les Rois de l'Europe avec le secours des Rois de Saxe et de Bavière ; on devait par contre-coup assassiner les prêtres et les royalistes : le Pape et le Roi d'Espagne avaient promis des soldats : tant l'objet de la conspiration les avait édifiés !........ Les délateurs étaient un maréchal des logis , un armurier, un voleur , et la fille Lallemant , que son directeur avait encore glissée dans cette nouvelle affaire. Les suspects étaient aussi dignes de fixer l'attention que les témoins : les fonctions qu'ils avaient remplies jusqu'alors s'alliaient merveilleusement avec les intentions qu'on leur attribuait. C'étaient M. Bize logeur ; M. Mistralet ouvrier en soie , et M. Coguet tambour.

Cette ridicule affaire s'instruisit néanmoins. Qu'importait le ridicule aux inventeurs du complot ? ils gagnaient du terrain ; ils essayaient leurs forces ; ils préludaient à cette grande entreprise qui devait asseoir leur puissance : certains qu'ils étaient d'effacer un jour avec des larmes et du sang les dernières traces du ridicule dont ces pitoyables manœuvres auraient pu les couvrir.

Deux scènes de la plus haute importance vont maintenant attirer l'attention.

Une querelle s'éleva , aux Brotteaux , entre un soldat Suisse et un soldat français de la même garnison. Plusieurs soldats *des deux nations* y prirent part. La mêlée devint sanglante. On se rappelait un duel, qui avait eu lieu dernièrement, entre un *Suisse* et un soldat français. La garde nationale ne rétablit l'ordre qu'avec peine. M. de Sennevile , qui dans certains passages de son mémoire semble craindre d'appeler par leur nom , les choses et les hommes , bien qu'il ait prétendu remettre à leur place les hommes et les choses , assure que la rixe était *purement militaire.*

Mais nous qui écrivons sous la dictée seule de notre conscience , nous ne craindrons point de le dire, *La rixe fut entièrement nationale :* Depuis que la langue barbare des Alpes est parlée sous les portiques du louvre , et que des étrangers gardent le roi constitutionnel de la nation , un sentiment invincible de douleur doit animer , à la seule vue d'un Suisse , tous les cœurs véritablement français. Certes l'Europe entière a pu nous juger. Les Rois surtout , doivent savoir si nous fûmes économes de tous les sacrifices que des espérances d'intérêt général pouvaient couvrir et justifier. La France a resserré ses frontières et jeté hors d'elle ses trésors. Triste , mais résignée , elle a vu disparaître tout ce que vingt ans de conquêtes avaient amassé de dépouilles dans son sein. Elle est descendue sans gémir du trône des nations ; certaine que nulle puissance après elle n'oserait s'y asseoir. C'était par là qu'elle achetait une constitution sous un Roi légitime, et elle n'a point murmuré. Mais après tant de concessions faites à l'étranger, peut-être avait-elle le droit d'attendre que nul étranger n'offenserait ses regards , et qu'aux Français seuls appartiendrait le droit de veiller à la garde d'un Roi de France.

Passons à la seconde scène , où nous allons rencontrer encore les mêmes acteurs.

Le peuple s'était assemblé, autour d'un poste *Suisse* où deux soldats ivres étaient retenus. Un paysan survient et grossit le nombre des curieux. La garde *Suisse* repousse la multitude. Le paysan ne se retire point avec assez d'agilité, on l'arrête et on le conduit au poste *Suisse* de l'hôtel de ville.

Toujours les *Suisses* ! et des soldats *Suisses* qui s'enivrent, et la garde *Suisse* qui repousse le peuple ; et un malheureux paysan qui ne s'enfuit point assez vite , conduit en prison dans un poste *Suisse* , et tout cela dans une ville de France, devant une foule de spectateurs français.

Le villageois s'enfuit ; deux militaires *Suisses* le poursuivent. Trois autres soldats de la même nation , qui se trouvaient alors sur la place s'élancent au devant du fugitif ; l'un d'eux tire son sabre, et perce d'un coup de pointe le malheureux qui tombe et se rend !........

Ces atrocités fatiguent notre plume. Veut-on connaître le tour léger et facile que M. le lieutenant de police a l'adresse d'y donner. Si trois de ces barbares percent la foule et s'élancent sur un Français comme sur une proie, il appelle cette action *un excès de zèle* : S'ils percent le fugitif de leur sabre, alors une douce indignation le transporte, et il va jusqu'à nommer cet assassinat, sans courage et sans loyauté : *un mouvement peu convenable.....* — » *Ce petit événe-* » *ment*, ajoute-t-il ne dura pas cinq minutes et » *il aurait dû étre aussitôt oublié*, comme » tant d'autres scènes imprévues dont une » grande ville est souvent le théâtre. »

Mais les réacteurs qui profitaient de tout, profitèrent aussi, *de ce petit événement*, *qui ne dura pas cinq minutes* ; et ils essayèrent de tirer quelque résultat utile à leur projet de cette légère scène *qui aurait dû bientôt étre oubliée*.

Un Pharmacien père de dix enfans, et un jeune homme, allié à des familles respectables furent arrêtés à cette époque, et à cette occasion.

Dans un discours plein de courage et d'éloquence le substitut du procureur royal prouva que l'arrestation était illégale, et l'accusation absurde. Ils furent acquittés ; cependant pour colorer un peu cette pitoyable affaire, on condamna les prévenus à quinze jours de prison. C'était d'ailleurs un petit dédommagement que l'indulgence du tribunal voulut bien accorder aux hommes puissans qui avaient intenté l'accusation.

Les événemens se pressent. Voici le plus important de tous ceux qui ont précédé le 8 juin....

Le nommé Cormeau, capitaine de l'ex-garde officier rayé des contrôles de l'armée, se trouvait à Lyon, sans demi-solde et sans retraite, *ainsi que tous les officiers revenus de l'île d'Elbe.* Il était devenu suspect à la police, au mois de janvier 1816, par ses liaisons avec l'un des moteurs du complot qui fut déjoué à cette époque. On l'acquitta faute de preuves. Sorti de prison, il offrit ses services à M. de Senneville, son libérateur, qui l'employa, comme agent secret soit à Lyon, soit hors de France.

Les réflexions surabondent. Un homme de l'île d'Elbe soupçonné de conspiration, admis dans la police de M. de Sennevill !

. — » La nature de ses fonctions , dit-il dans son mémoire, ayant enfin été soupçonnée , il me fut impossible de le conserver utilement. »

Cela ressemble à de l'ingénuité ; mais ces confidences inconcevables sont encore poussées beaucoup plus loin. M. de Senneville. nous apprend , qu'il écrivit lui-même au ministre de la guerre pour faire obtenir à cet agent sa demi-solde ou sa retraite ; il fit valoir avec chaleur ses bons et loyaux services , et en effet, peu de solliciteurs pouvaient réunir autant de titres à l'intérêt du ministère. Capitaine sous Bonaparte ! repris de justice pour complot contre l'Etat ! Agent de police sous M. de Senneville !

Plusieurs mois se passent. Cormeau est accusé une seconde fois. Traduit devant son ancien protecteur , voici quelles furent ses révélations.

Il paraît que la recommandation de M. de Senneville n'avait point obtenu toute la confiance qu'elle méritait. La pétition adressée au ministre de la guerre avait été renvoyée au général Maringonné , qui manda le solliciteur , et lui reprocha d'avoir servi *la police civile*, de préférence à *la police militaire*. Cormeau s'excuse du mieux qu'il peut, reconnaît humblement ses torts, et s'offre à servir désormais *la police militaire* de préférence à la *police civile*. Touchés de son repentir, MM. les généraux lui confient une mission importante dans un village voisin. On l'engage à employer tous les moyens pour capter la confiance des ennemis du gouvernement.

Il fallait que M. Cormeau fût un homme bien précieux ; car tous les partis se l'arrachaient. Il se rend au village désigné. Qu'on accuse maintenant MM. les généraux d'intolérance. Voici un capitaine de *l'ex-garde* qui pourrait se lever au besoin pour démentir et confondre les calomniateurs.

M. Cormeau remplit parfaitement les vues de ses nouveaux protecteurs. Il se plaint, il murmure ; un officier de l'Ile d'Elbe, sans demi-solde et sans retraite, pouvait jouer le rôle de mécontent, sans qu'il lui en coûtât beaucoup d'efforts. Les dupes accoururent ; excitées par ses plaintes, quelques têtes s'échauffèrent, et voilà justement comment on s'y prenait alors pour organiser des conspirations.

Mais tandis que MM. de la police militaire minaient d'un côté, MM. de la police civile contre-minaient de l'autre. Cormeau et quelques-uns de ses complices sont arrêtés. Quinze jours plus tard tout le village eût été compromis.

Nous nous abstenons de toutes réfléxions sur cette affaire. Elle n'est honorable pour personne ; ni pour le militaire qui consentit à jouer deux fois le rôle d'espion , car *la garde meurt de faim et ne s'avilit pas* ; ni pour le lieutenant de police qui consentit à l'employer; ni pour les généraux qui l'employèrent de nouveau après le lieutenant de police.

Aucun de ces faits n'est rapporté dans le mémoire de M. le général Canuel. Il nous parle seulement de secrets qu'il ne peut révéler, *parce qu'ils sont plus ceux du gouvernement que les siens.*

Cette phrase doit cacher une arrière-pensée bien profonde, et cette arrière-pensée inquiète tous les amis de l'ordre. Que prétend par là M. Canuel? Voudrait-il associer le gouvernement à sa cause ? Le gouvernement ne peut avoir de secrets ; car sa marche est droite et ses intentions paternelles. Le sang a coulé dans Lyon: il s'agit de connaître si le sang versé fut innocent ou coupable : il s'agit de connaître où fut la conspiration : du côté des juges ou du côté des victimes. — *Mentio facta est ut quœreretur de cœde.* On se rappelle ce directoire exécutif qui *dirigeait* si mal le peuple, mais qui en revanche *exécutait* à merveilles. On sait avec quelle facilité il *passait* à ses commissaires *les formes acerbes* qu'ils employaient dans leurs rapports avec la nation. Ce temps n'est plus : aujourd'hui les formes acerbes , c'est-à-dire , les délations , les discordes semées à plaisir , les arrestations illégales , c'est-à-dire encore les jugemens arbitraires et les condamnations injustes ; tout cela fait crier à la fois la nation et le gouvernement. Les juges à la sortie du tribunal sanguinaire doivent une égale expiation , au peuple qu'ils ont oprimé et au Roi dont ils ont trahi la confiance.

M. Canuel assure que sa police était dénuée d'agens et de moyens, et deux fois ses agens arrêtés par la police civile au moment où ils cherchaient à fomenter des complots, ont été réclamés par ses ordres. Enfin comment pourra-t-il récuser cette lettre qui anéantit d'un seul coup, toutes ses allégations ?

« J'ai reçu de M. le Lieutenant général de
» police la somme de 1200 francs, en rem-
» boursement d'une pareille somme que j'ai
» déboursée pour frais de haute police.

» Signé, le lieutenant-général CANUEL. »

M. le général assure qu'il possède des pièces convaincantes. Pourquoi ne point les communiquer ? On ne conçoit guère tant de réserve unie à tant d'emportement : voici le motif de sa discrétion.

» Je pense que ce que je dis *moi qui n'ai*
» *jamais trahi personne* , mérite autant de
» croyance que ce qu'ose avancer l'auteur du
» libelle. »

Non pas, s'il vous plaît, M. le général ; on ne peut vous croire absolument sur parole *encore que vous n'ayez trahi personne ;* c'est même parce que vous n'avez jamais trahi personne (1); c'est parce que vous êtes toujours resté fidèle au même parti; aux mêmes opinions, qu'on vous accuse d'avoir cherché à obtenir le triomphe de ces opinions et de ce parti, sans mettre tont le scrupule imaginable dans le choix des moyens. Si c'est une épigramme que vous avez voulu faire je conviendrai *tout bas* avec vous, qu'elle est excellente, si c'est une raison que vous avez voulu donner je vous dirai tout haut qu'elle est insuffisante, et qu'elle ne prouve rien absolument en votre faveur.

Ces mots singuliers, *moi qui n'ai jamais trahi personne*, ressemblent à une attaque mystérieuse ; mais contre qui est-elle dirigée ? elle pourrait bien faire entendre qu'il se trouvait un traitre parmi les adversaires de M. Canuel ; mais quel est-il ? quel est ce traitre assez considéré pour imposer silence à M. Canuel lui-même ? Ce ne peut être M. le colonel Fabvier ; ce n'est point pour lui que M. Canuel serait descendu à tous ces ménagemens ? Ce ne peut être M. de

____

(1) Nous le prenons sur ce ton, afin de prouver que ce beau raisonnement ne prouve rien. En 1793, M. Canuel fut la terreur des chouans, le compagnon de Rossignol. En 1815, il s'améliora beaucoup, et devint chouan à son tour.

Senneville, lui qu'on accuse de calomnie et de conspiration. Qui dit le plus craindrait-il de dire le moins ? ce ne peut être.............

M. le Duc de Raguse, au moment où nous poursuivions nos recherches, écrivait à M. de Richelieu une lettre que la *Minerve* s'est hâtée d'insérer. Nous allons en extraire quelques passages de la plus haute importance.

« ... Aujourd'hui que la résolution généreuse
» que prit dans le tems le colonel Fabiver est
» un motif d'accusation contre lui...... lorsque
» ses récits lui ont été inspirés par son amour
» du bien public et son attachement pour moi,
» je dois prendre la parole et, par mon assertion,
» y ajouter tout le poids que je puis leur don-
» ner : on s'est récrié contre la censure qui a
» été faite des actes d'un tribunal malheureu-
» sement trop célèbre ; mais lorsque les lois
» sont impuissantes pour réparer les iniquités,
» il faut que l'opinion en fasse justice.

» Le général Canuel attaque en calomnie le
» colonel Fabvier ; il doit me comprendre dans
» son accusation, car je déclare ici solennel-
» lement que l'écrit qu'il attaque ne renferme
» que la vérité. »

Cette déclaration solennelle vient trancher nos débats. Le long silence qu'avait observé M. de Raguse, sa renommée brillante et pure, le ton véhément de sa lettre, donnent à ce témoignage inattendu un poids que nos faibles reflexions pourraient bien difficilement ébranler.

Il est temps de déposer la plume, et d'abandonner la discussion.

FIN.